峠路

眞野千枝子歌集

現代短歌社

著者夫妻（ダイヤモンド婚）

眞野孝彦　画

序

この歌集は、短歌に懸命に向き合い、行動力を持って生きる作者の、命の迫力の伝わってくる歌集である。どんな時も他人のせいになどせず、思ったら、自らを奮い立たせて行動し、大事を乗り越えてきた眞野千枝子さんの生き方そのものである。自分の生を懸命に生きる、その生きざまに圧倒される。

向日葵を自負せし性に以前には無きもの入りきて戸惑ひし日日
足らざるは若さが故との抜け道はもう通じない齢重ねて
多忙なるはみな同じなり若き人も光のごとくゐて鴨島短歌教室
虎落笛一瞬の突風の後「潮音」の歌仕上がる肩の荷下ろす午前三時
夫の癌オペ、小樽の飛梅碑、師との再会いづれもわがスタートライン
風邪押して一つのけぢめつけにゆく潮音葬はわれの出発
消極か前向きか揺れる八十路の第一歩溢れる光が招く坂道
この道しか無い、貧しき吾を磨くより他に道なし終焉をゆく
目の前に立ちはだかれる鉄扉ありぎしぎしと開き明るみに向く
吉野川市短歌大会の大役無事終へて胸元まで満ちくる潮の音を聞く

歌は率直で、思いが迫ってくる。時に定型を外れても、不思議な魅力がある。読むほど

に、作者の、自己に真剣に向き合う姿勢、生きることへの謙虚な感謝の気持ち、他者への愛情深いいつくしみが奥に見え、しみわたってくる。
歌集には、平成十四年からの歌がまとめられている。

この歌集を読んで印象的なのが、ご夫君の存在である。それぞれお互いを尊敬し尊重しつつ相愛のお二人。千枝子さんの短歌活動を肝心なところでいつも応援してくれるご夫君である。ご夫君眞野孝彦氏あっての眞野千枝子であり、また妻眞野千枝子あっての眞野孝彦氏であるのだろうと思った。

目の先の離れはアトリエ夫の城見えざる堀ありそれぞれの城
スケッチする夫の絵具の溶水に仏の手洗ひの水を運びぬ
厨より流れくるみそ汁の匂ひ徹夜せし書斎のわれにやさしあるじは
一人でも行くと決めたるに無言の拍手　四時起きしたる夫に送らる
ダイヤモンド婚祝賀式出席といつになく素直に受くる夫の横顔

さらに、若き日から今日までのお二人の間柄を象徴するような「銀色の水鳥」の一連をあげたい。

吉野川で拾ひたる青石に〈愛〉と彫るを握らせくれし杳き晩夏
金槌と釘持て汝が彫りし〈愛〉の青石高校最後の夏休み
愛の意味などわからぬままに少年と少女銀色に翻る水鳥
一度は前の川に投ぜんか身代りの石どぼんと夕闇の中
もう終りかとあの時思つたと汝の言ふ結婚五十六年八十路に向かふ

昨年ダイヤモンド婚を迎えられた。常に傍らにお互いを感じながら各々の道をまっしぐらに歩んでいらしたお二人であり、これからもそうして歩んでゆかれるお二人であろう。

そして、千枝子さんにとって、もう一人の大きな存在、千枝子さんの短歌人生にとってかけがえのない師が、「潮音」前主宰太田絢子である。師を心より敬愛し、短歌の道を進んできた千枝子さん。だが、師絢子は平成二十一年十月に亡くなった。師を失ったことは、千枝子さんにとって大きな衝撃であった。しかし、師を失ってからも、千枝子さんは師を常に傍らに思いつつ、師に励まされ、歌を紡いできた。歌への思い、師への思いは熱い。

わが短歌が一人歩きの旅をゆく誌上に無言の波動かみしむ

われにとり歌幸《うたさち》何と問ふなれば師と向き合ひて歌詠むときと

全力で走りつづけて来し故に見えざるもの見ゆる愛しきわが歌

よき歌を詠まんとする程詠へないスッピンのわれの歌を詠はむ

たかが短歌、されど短歌よ命果つるまで続くなりこのうたの道

短歌を詠むことと生くることは同じなりとわれに残しし亡き師の言葉

また、東日本大震災の直後に、身近に信頼する義妹が亡くなった衝撃も大きい。

東日本大震災の哀しみ詠み己が死期予期せざるまま逝きし妹　（三・一六）

命余すところなく生きて唐突の死は妹の遺影に翳を残さず

師に続き妹の死は両翅を失ひし蝶、どこまで沈みゆく晩春

しかし千枝子さんは困難にめげる人ではない。自身も癌を乗り越えてこられた。困難な時も明るく笑って乗り越えていく、千枝子さんのたくましい精神が歌にもみえる。

「ガン等に負けてたまるか」の師の気魄一本埋め込みて丸三年過ぐ

われのガンと決闘する若き医師わたしの中の宮本武蔵

人を大切にし、人とのつながりを大切にし、社会へも目を向け、平和を願う。

玉音に空襲のなき喜びを言つてはならじと十四歳の夏
大義名分いかにつけても「戦争は絶対反対」声張り上げる

詩情があり、象徴性のある歌もあげたい。

忘れものしたかの如く山並にうす紫の春の雪降る
ひとり過ぎ一人に出会ふ雨季の宵紫陽花の青濃く極まる
峠とは過去との別れを強ひる位置たたずめば憂愁の雲流れゆく
われもまた過ぎゆくひとり少女の眼に、夕べの川は流るる
銀色の雨降る夫のアトリエに哀しみ核とする定型詩書く

心魅かれる歌は、まだまだ多いが、ここで千枝子さんのことを簡単に述べておく。
千枝子さんは、昭和六年徳島県の小松島市に生まれ、徳島大学に学ばれた。教員を定年退職された後、鴨島町社会教育に携わる。平成八年徳島短歌代表の延原健二氏を講師に迎

え、鴨島短歌教室を立ち上げ、代表となる。平成十四年潮音入社。現在幹部同人。平成二十二年には吉野川市短歌グループを立ち上げ、副会長に。「徳島短歌」編集委員・事務局としても活躍され、潮音はもちろん、徳島の短歌界でも欠くべからざる方である。千枝子さんに向かい合っていると、生きる力が湧いてくる。その不思議な力、エネルギーをもらった人は多い。徳島で「潮音」の輪を大きく広げてくださったのも、そんな千枝子さんの力によるところが大きい。

千枝子さんが敬愛してやまない師太田絢子の愛した海棠が山荘に咲き盛る今、この文を書いていることにも深いご縁を感じる。八十代半ばとなられた眞野千枝子さんのこのエネルギーに我々は多くを学ぶことができるだろう。歌集上梓を心よりお祝いする。

平成二十八年四月の佳き日

海棠の咲く鎌倉杳々山荘にて

木村雅子

目次

Ⅱ　平成十九年〜二十一年

装幀・挿絵　眞野孝彦

峠路

Ⅰ　平成十四年〜十八年

峠

忘れものしたかの如く山並にうす紫の春の雪降る

ひとり過ぎ一人に出会ふ雨季の宵紫陽花の青濃く極まる

峠とは過去との別れを強ひる位置たたずめば憂愁の雲流れゆく

われもまた過ぎゆくひとり少女の眼に、夕べの川は流るる

銀色の雨降る夫のアトリエに哀しみ核とする定型詩書く

詩の神あり

この海に続くハワイの沖深く沈みし魂よ疾く帰り来よ

後ずさりしてゐるわれに詩の神ありと説きし南の短歌会

わが神ぞかつて訪ねしヒマラヤが薬師寺の壁画に続く

バーミヤンの石仏壊ししタリバンの上にも照らす月光菩薩

白銀の風

元旦の朝の玻璃戸に濃き紅の水中花の如く透ける山茶花

いつか着せたき大島紬スキー行の夫には程遠き夢なり

雪山に夫を送りて共に生くる重みかみしめる夜半にして

快晴のスキー日和と夫の声木曽御嶽より白銀の風

マント

本命の大学受験成し遂げて自動車学校に走る孫娘《こ》まぶしむ

くれなゐの短き春を存分に京の雅びの風に吹かれよ

早春はわが人生の始発駅汝がマントに被はれし駅

国境

不二子師の埼玉移転に残されし蔵書わが町の図書室に生く

雪しづりの音重く落つ西行庵桜待つ魂に深く傾く

来年もまた帰り来よ渡り鳥銃口もミサイルもなきこの町に

今頃はアムール川をたどりしか渡り鳥に国境はなく

草堂の春

庶民は文化圏の外にあり黄砂降るハイウエー地平を貫く

万物に霊が宿ると太古の声聞く三星堆博物館

詩史堂を入れば頬こけし杜甫の肖像正面に真向かふ

杜甫植ゑし里竹ますぐに風ふけばしなやかにたわむ草堂の春

大中国の風に吹かれてまばたき一つの人生を知る

漢字より読みとる街の標識にいづこの国より親しみ覚ゆ

いまだトイレに戸はなく秘かに思ふこの国のプライド

帰国して瀋陽事件にゆれ動く貫くものなき貧しき対応

わが城

目の先の離れはアトリエ夫の城見えざる堀ありそれぞれの城

わが短歌が一人歩きの旅をゆく誌上に無言の波動かみしむ

思ひ立てばその事のみしか見えぬわれ黙して厨に立つ夫のあり

向日葵

「ねばならぬ」わが性愛し向日葵の花冠うなだる炎暑の夕べ

休日を山に走る虫博士送り出す嫁の清しき瞳

現代の空しさどこか滲ませて若きらの夏「哲学の道」

玉音に空襲のなき喜びを言ってはならじと十四歳の夏

義　母

曳きしものアルプスに断ちて帰りくるわれを見届けて義母逝きぬ

娘と過ごし来し義母の三回忌やうやく長男のわが家に帰る

薄絹もて譜代の主婦が拭き込みし能登高膳の塗りの艶めき

「わたしの目にくるいはなかった」と祭壇の遺影が微笑む義母三回忌

杜鵑

アライグマ夜のしじまを師の雨戸たたいてゐるやも遙かなる鎌倉

鎌倉の湘南歌会覗いてみたし杜鵑の声しきりなる季

青葉闇ほととぎす啼く庭に遠き鎌倉長谷観音の笑み浮かびくる

遠い記憶の地名愛しむそれぞれの生活ありて歌誌を捲《めく》る夜

殉　死

東慶寺に読経流れてこころざし継ぐ人偲ぶ紅葉の中

眞野右近土御門上皇に殉死せしわが家のルーツ阿讃渓谷

千年の歳月きざむ岩壁に朱の葛這ひて自刃のうめき

出世などそら吹く風の夫に添ふこの妻ありてノーベル賞受く　（中村修二氏）

短歌の道

石垣を割きて直ぐ佇つ石蕗の黄に癒される重き年の瀬

この一年夢中に歩みし短歌の道四季の移ろふ刻の早くて

耐ふるには弱き性なりわれの性拉致されし人の重き歳月

近くて遠き国なれど家族の如く群なして今年も帰りぬ渡り鳥

パラボラアンテナ

さびれゆく横波三里の駐車場キャンプするわれらと半兵太の像と

スケッチする夫の絵具の溶水に仏の手洗ひの水を運びぬ

初春の弥勒菩薩の涼やかに半跏思惟の微笑み親し

延光寺は氷雨の中に静もりて旅の終りに二人がつく鐘

鉛色の瀬戸内の海広がりて影絵の如く浮かぶ島島

パラボラアンテナの耳空に向きて早春の音を集めゐるか

たそがれの広葉樹林を下りをり足下に聞く渓流の音

わが腰にすずやかに鳴る鈴の音は仏陀の導き山寺を降りぬ

ミサイル

美郷《みさと》とふ名も美しき梅林にさやぎてきたるわれらうたびと

霧雨の梅もまたよし傘さしてそつと踏みしむ土の温もり

合併すればやがてここも市となるか実感とならぬ静けさにゐる

ミサイルが今度は北より飛びくるやも　いま梅林にてうたを詠みたし

青丘全歌集

待ちわびし青丘師全歌集とどきたり志果たしたるひとに乾杯

春の空に雲一片草に座すあわれの七十年が駆けゆく

全歌集に清しき潮音の流れわれを陶酔させて春宵

裡深く通ずるもの青丘師の全歌集に見つけたりこの道をゆかん

五月

イラク戦争終り　はじめて知る理由わからざりしわれのいらだち

五月の空のとの曇り観覧車は静止のままなりわれの鬱

訪ぬれば広告の裏に短歌ぎつしり書き列ねて老女の孤独

桜《はな》みにと誘へばシルクのコートに頬の紅ほのかにさして待ちゐし老女は

螢

かぎりなくやさしきものに触れたくて螢舞ふ里に誘はれて来つ

風呂を炊く白き煙のたなびきて谷戸の夕暮れ杳きふるさと

人間ドックが見つけし胃ガン体重も増えて困ると思ふわれに

不覚にもアトリエで一人泣いたと夫の目に頑張るぞと開き直るわれ

決闘

われのガンと決闘する若き医師わたしの中の宮本武蔵

退院の門前の鯉に餌を撒く生くる愛しみの音を聞きつつ

講座生からの七夕飾りとミニ手紙退院となる大安の日に

⅓となりし胃袋をいたはりつつ今朝も行平で八分がゆ炊く

ストレス

拉致問題イラク戦争と続く頃ジャンヌダルクになれぬわれあり

ストレスに強き性と思ひきや突然胃より警鐘を聞く

退院してみればみそ汁も炊き嫌ひな野菜も食してゐる夫

命詠へば時空を越えて響き合ふやさしき界に漂ひてゐるよ

嗚咽

昨日縫合なしし傷押さへ嗚咽するわれを待ちゐし人突然に逝く

なんてこと!!短歌講座に夢かけて補聴器も購ひし人なのに

さみしさも感謝の心も織り混ぜて九十二歳を詠ひあげし人　乾杯

ガン手術の大き代償に勝るものハードル一つ越えしわれあり

短歌の芽

命再びコスモスの顔われに向く秋風の川辺に沿ひて歩む

不二子師の撒きし短歌の芽育めりまた二人増えたる講座

初秋の海に佇ちたくて術後三ヵ月和田岬を巡りきぬ

ガラスの服を着し少女となりて検診の若き医師を訪ふ朝

飛行機雲

地球儀の凹凸を這ふ蟻一匹今ヒマラヤの辺りを辿る

夕空に一筋伸びゆく飛行機雲一直線といふはかくもさみしき

術後初の旅は歌友に囲まれて華やぎて行く四国歌会

はからずも高得点となり術後の傷も忘れる高知歌会

灼熱の猛暑に耐へし胃袋よ今異常なしの結果を聞けり

胃ガン切除に耐へし年その報酬か県歌人会賞を受けたり

目覚むれば悲しきまでも詠ひたる黄金の銀杏空に輝く

反　対

イラクテロ遂にこちらに視線向く自衛隊派遣に揺らぐ日本

大義名分いかにつけても「戦争は絶対反対」声張り上げる

焼夷弾降りくる中を逃げ迷ふ十四歳の夏ありしこと

次々に罪なき人が死んでゆく話し合ひのテーブルなきか

倖せ

「倖せか」と問ひかくる幻の声　目指すもの未だあり倖せと告ぐ

人の世に何があらうと今年また庭の白梅凜として咲く

号令ひとつ一糸乱れぬ自衛隊ＶＴＲに戦慄走る

イラクの情報正しく伝へよＮＨＫ杳き日の大本営がよぎる

アトリエ

わが歌の源泉なるや九十二歳の友の母住む梅のふる里

小さなるうす青き犬ふぐり避けつつ潜る梅林の中

六ヵ国会議もイラクのこともみな忘れ歌会に小さき幸を分けあふ

菜の花とスイートピーをモチーフに急に春めく夫のアトリエ

風の盆

憧るる人に逢ふ日は佳き顔のわれでありたし桜吹雪浴ぶ

阿波をどりのリズムに育ちしわれなれど頻りに招くおわら風の盆

風の盆夜を徹して浸りたきわれのこだはり未だ果たせず

果たせざる夢果たしくれし神戸の歌人「風のまにまに」二十首詠歌す

月はじめ

嬉しきは又巡りきぬ月はじめ「潮音」届き師の声を聞く

「合評」も消息欄も御歌も生き生き五月号繰り返し読む

教育現場の苦労を語る後輩たちの目は輝きて頼もしくある

若鮎の堰の遡上の一途さにじつと見入れる吾を重ねて

生身

生身《なまみ》切るにふさはしきもの貰ひたり術後一年五月雨の庭

向日葵を自負せし性に以前には無きもの入りきて戸惑ひし日日

頑なに思ひつめたり泣く程に省みたり　われのワイングラス

足らざるは若さが故との抜け道はもう通じない齢重ねて

阿波つこ

「ひつそりと生きたし椿よ」と語る短歌《うた》深き絆に潮騒を聞く

佐渡の人の明るきニュースに解かれゆくここ数日のわれの吃音

誌上のみで知る人に逢へるときめきを神戸歌会の迫りくる

それぞれの土地の文化を携へてわれは阿波つこぶらさげゆかむ

鏡

逢ひたき人胸に住まはせて潮音神戸大会目の前に迫る

地球生態系くるはせて六、七月の奇襲台風荒狂ふ列島

イラクテロなど地球に虫喰ふ黒点の如く人が死にゆく

「いやだなあ」と思ふ自分に気づくとき鏡に映るさみしき瞳

余韻

名も知らぬ国ありアナウンスに従ひ急ぎなぞるわれの地球儀

地球人よ青く輝く星守れ宇宙よりのメッセージ聞く

久方に日本列島が沸き上がる体操金メダル復活の顔

アテネ女子マラソンが割り込めずゐる潮音大会の余韻続く夜半

金婚式

金婚とふ面映ゆき夫が来賓の挨拶に落ち着かずゐる

しぶしぶと伴ひてきし金婚式隣席の夫の吐息伝はりてくる

金婚式より帰りくれば歌友より花宅急便届きてゐたり

いつになく胸さわぎする今宵死線をさまよふ嫁の母の伝言なりしか

落暉あびつつ

多彩なる個性溢るる会場に白きスーツの師を軸として

無形文化財保持者の奏でる須磨琴の古典の音色しみじみ哀し

いち早く胸の名札を確かめて包み給ひし掌《てのひら》の圧

「ガン等に負けてたまるか」と術前夜の速達給ひしそのままの師よ

この大会に花のやうなるものを得ぬ明石海峡の落暉あびつつ

宮中文化祭

縁ありて宮中文化祭に招かるる晩秋の陽差し坂下門に入る

宮中の文化祭に美智子皇后の水茎のあと美しき一首

侍従職良子《りやうこ》　宮中の文化祭に展示されし〈清真〉の書すがしかり

半蔵門、挙手の礼の白き掌にほほ笑み応ふる良子のそびら

杳々山荘

青丘師の七回忌を挙行せし東慶寺冬の紅葉に読経流るる

伝統を守り育てし九十年　夢に見し「杳々山荘」今目の前に

「いのちもつ星のかけらが」とするどく詠む娘ありふいにまぶしき

鎌倉は師のおはす街　寺と緑の心癒さるる伝統の街

一瞬の相聞

真向かひてこそ見えてくる異質なるもの解して共に輝かむ

真紅の薔薇抱きて心病むわれを見舞ひくれし友春は来向かふ

藤村の〈初恋〉を唱ひし滋賀、京の歌友に会ひたく大津歌会

思はず口ずさむ〈琵琶湖周航の歌〉一瞬の相聞、湖に放たむ

何となく早春の洛北歩きたくリュックを背に気儘なる旅

一心に祈れば水音消ゆるとふ〈音無しの瀧〉煩悩多し

ここは大原三千院山寺に籠りて京の歌人を偲ぶ

浄蓮華、鐘は静かに撞くべしと余韻染み渡る五臓六腑に

青き谷

幼き孫の母が死す〈白き湾〉の「何買ひやらば」に熱く目を留む

新しき母北より迎へらる〈青き谷〉ふたたびの春

血縁より強きもの見出しぬ育み深き愛、祖母と母あり

小西、坂本両師を詠みし頁あり徳島の「潮音」全盛時代

春のいのち

「めでたき女房歌人の譜」と光子師を語る六十年記念号あり

知りたきこと次々と透明になりゆく『定本太田青丘全歌集』読み返す

乙女子の長き黒髪洗ふとき落つる雫も春のいのちなるべし

ピカピカの車見せに来る孫娘「ありがとう」を残しすぐに発つ

絵画教室

昼なほ暗き裏庭の樹々　重機入りきて倒されてゆく

夜来の雨上がりし朝の蒼き庭夫の挿したる薔薇一斉に咲く

時々はふつとさびしき時もある独り占めならぬ人への想ひ

十年育てこし夫の絵画教室に放美賞はじめ受賞者あまた

潮音の子

九十周年記念七月号いまだ届かず蒸暑き日の続く中師を案じをり

大き懐に泳がせ給ひてわが歌はあり今潮音の子となりゆく

わがミスが果を呼ぶなり毎月の長野のご夫妻の歌に出合ふ

術後二年　立山を再び仰ぐ幸嚙み締め雪の室堂に佇つ

待ちに待ちたる九十周年記念号　机上にまるで金剛石のごと

朝毎に描くささやかなわれの虹　彩りの序列花を透して

テロも異常気象も人の為せる業、贅は要らぬ七輪でさんま焼く

相次ぐテロにも脅えず博多つ児中一の男孫《まご》太平洋を翔ぶ

切れる

娘の病に身代り願ふ母なり　大師のキーホルダーを揺らして

太古の杉ていていと空をさし剣山連峯青雨にひかる

中庸を知らぬ台風十四号、流行《はやり》言葉の「切れる」を地でゆく

尽くすだけのかひのある人、その倍の研鑽積みしと言ひ切るが眩し

歌

逍遥の道をはづれて遠く来し短歌一首のためかも知れず

彼岸ゆゑなほ美しからむ紫の花にこがれて橋渡りゆく

黒人のジャズ重く流れくるダウンタウン、ハリケーンの街

「憲法九条」研究会

表裏なきを誇りとなして生き来しをおそまきながらの軌道修正

主に似ていつもおそ咲きトランペットフラワー初冬の庭にしるけし

紅葉の落ちゆく先を見守れば地に帰る前の装ひなりき

わが十四歳の夏ありきを忘るまじ「憲法九条」研究会立ち上ぐ

スーツ

宮中が身近になりぬ紀宮の披露宴に姪の良子招かる

紀宮の披露宴に添ひて礼服は紺のスーツに真珠のネックレス

「良子さん次は自分の番ですよ」遥かアルジェリアの外交官の許へ

菊の紋章の愛らしきお乾菓子、受験前の孫娘《まご》二人に分かつ

流るる雲

あたたかき他人《ひと》の心に触れし日よ流るる雲をいつまでも追ふ

八十一年ぶりの大雪に昔の故郷が帰るゲームも塾も無き子等の顔

民宿のホーム炬燵の昼下がり、ズシン・・・カチン、、、と雪国の音する

さらば、雪に埋もる高山の街アメイジングマーチがよく似合ふ

慟哭

まつ白と言ふは哀しきものなるか百余名を呑みし雪の慟哭

豆食みて丸くなれよ鬼は内、わが裡に住むいとしき分身

毎月の師が選ぶ名歌鑑賞、泣きたき程身に沁みるなり

多忙なるはみな同じなり若き人も光のごとくゐて鴨島短歌教室

西行

「うたごよみ」思ひもかけぬ広がりにそれぞれの歌がひとり歩きする

白梅の咲き初むる朝、ダンボール二箱、不二子師の足跡つめて

意識あるうちにと不二子師の貴重なる書籍、資料すべて托さる

涙して白峯寺を巡りしとぞ社殿の片辺に小さき西行座像

春の雪

瞬時なれど懸命に降りし春の雪埋めてしまひたきものあるが如し

別れがたき四国西端佐田岬　九州行きさるびや号の待つ港

「さくら」とふ名の猫がゐて前向きの家族の癒しとなりゐる

春の鬱。日常を遠く離れきて玄界灘の潮鳴りを聞く

誰が魂

いま、晩鐘に誘はれて誰が魂なるや薄紅ゐの花のいくひら
「美女観音」繰り返し読むなにゆゑか涙が次第に溢れてやまず
山荘の急石段の上り下り五十年健やかなるは神の賜《たま》もの
「バッケ」とふお国言葉のふさはしや八甲田なだりの蕗の薹はも

定　型

「ガン等に負けてたまるか」の師の気魄一本埋め込みて丸三年過ぐ

それぞれの心が透けて見えてくる。師の大きオーラを標になして

雨上がりが似合ふ花水木、アトリエにミニスカートの少女駆けくる

問題

贅をもとに戻す術なきか泡《あぶく》の如く相次ぐ列島の悲劇

自己教育力を失ひし若きらは昔教へし年代の子等

若きらの未来を憂ふる老い一人為す術もなく短歌に真向かふ

問題が無きことが問題と、にはかに離れ住む孫《こ》の声を聞く

個展

銀翼をひるがへし旋回する鳩たちよ、夫の個展の初日の朝

歌友より贈られし紫の胡蝶蘭　客足とだえしギャラリーに目立つ

足長き少女は胸に白バラを抱きて会場に突如あらはる

幸せとは死ぬまで美しき夢描く定年の無き人羨ましきかな

「夢想美学」

真向かひて声なき言葉交はすとき月はじめに届く潮音に力いただく

朝露に光る庭のつゆ草に東北大会終へし師が顕《た》つ

皇子生れたる朝届きし潮音九月号推薦欄の喜びと重なる

眼休めれば満月雲の切れ間を昇りゆく「夢想美学」の頁　朱線で埋まる

笹浪家

謙虚なる中に聳やぐものを見る師の「夢想美学」のエッセイに

〈重文〉に指定されし函館の「笹浪家」師のルーツとかや

「医師の家の跡取りはせこいなあ」と背を撫づるわれを見上げし子の瞳

美しき祖国取り戻さんとする新内閣に期待を寄せん

Ⅱ　平成十九年〜二十一年

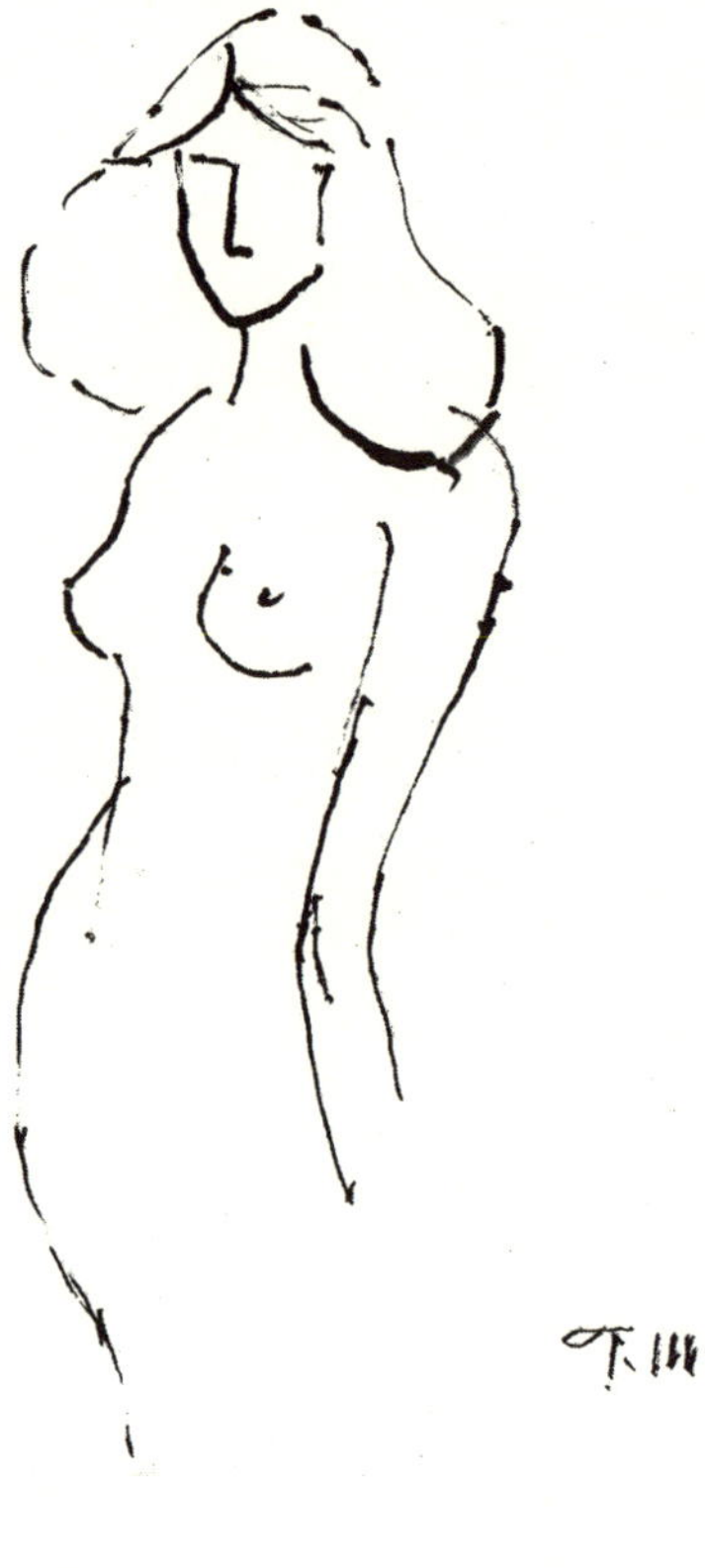

塩尻の風（一）

平成十九年

潮音が招きくれしか塩尻は透き通る風吹き抜ける短歌のふるさと

四国より三度《みたび》乗り継ぎここが塩尻地図を思ひ浮かべて深呼吸する

道々で声掛けくれし人みな優し塩尻の街は短歌フォーラムひといろ

受付での水穂会の方達と奇しき出会ひ潮音の輪の中に居て

歌碑公園に入らざる中原静子の歌碑さみし道を隔てて

子等の作りし資料に絢子師の写真あり「青丘の奥さんで今も短歌の先生」とぞ

迷ひ道戻りみち歩みきたれど短歌の道の今日生きてあること

クリスタル

目を凝らし読む『とねりこばはぜ』目瞑れば遠く、クリスタル塩尻

出会ふべくして出会ひし人ならむ〈とねりこばはぜ〉菜の花の遍路に

青丘歌碑の前に立つ写真にとねりこばはぜ見つけしときめき

わが住める四国八十八ヵ寺結願されたる塩尻の人、より近くなる

短歌賞受賞

初春のわれの受賞のはなむけに猩猩のひとさし舞ひ給ふ人

妹が着付けてくれし晴れ姿、今日のひと日はしをらしくあれ

着なれぬ晴れ着装ひ出かけむとする庭に白き梅の咲き初む

遠くより近くより見守り給ふ人ありて短歌賞受賞を噛み締む

又一つ峠に立ちて又一つさみしさに合ふ果てしなき道

新年歌会

新、旧が溶け合ひて古都京都、ビルのはざまに沈む入り陽は

面《おも》に出さざることあまたあり歌会の下働きする京の歌人

はげしく真向かへる仲間もありて事為さむための礎なれば

雅子師の『星のかけら』の五分間スピーチ、心をこめてその任果たせり

朝霜に紅白梅の競ひ咲く今日の東京新年歌会は

歌幸

北海道大会はまだ一年先　師のみ足思ふ山荘の石段

短歌現代二月号は葛原妙子の特集号潮音ゆかりの歌人で賑はふ

昇格の潮音集Ⅱに戸惑へば自信持ち自分の歌磨けよと師の声がする

われにとり歌幸《うたさち》何と問ふなれば師と向き合ひて歌詠むときと

わが裡に三人《みたり》の母住む　母、姑、歌のしるべの師が在します

託されし「潮音誌」

不二子師の訃報ありけりゐたたまれず公園の夜の桜に逢ひゆく

西行の桜の歌愛でましし師なれば今は花の寺に歌詠みまさむ

意識あるうちにと託されし「潮音誌」われの書斎に重く並みゐる

またこの血さわぐまづしき歌一首さげてなつかしき人に逢ふべく

かくしつつ悲しみ打ち消す短歌道、きびしけれどわれのチングルマ

集中力

ふるさとへのバイパス一直線にありあの山この川早春の風

春うららやうやく果たす墓参りの潮の香かすかなるバイパスの風

駆け抜けきし魂の火照り鎮まりゆく弥生浜辺のさざ波に佇つ

集中力、よくも続きし五年間わが「どん感力」を立ち止まり見る

さあ五月、行事が詰まるカレンダー七百号記念号も終盤に入る

（「徳島短歌」）

灯台

風雪に耐へ休むことなき灯台の孤高を支ふる岬の椿

疋田師は水穂会の会長保科師は実行委員長去年初会見

奥方の介護に通ふ清水氏は六月号巻頭集に選ばる

塩尻の短歌の芽吹き育てゐる濱氏の意欲にあやかりたし

育てるは育てられゆく自がありて時には海に己を放つ

師の功労

強靱なからだとやさしさ備へ持つ師の功労短歌《うた》の世界に輝く

思ひもかけぬ師の速達手術前夜に届く読み返す思ひもあらたに

出かけのバッグに必ずしのばする〈南北〉の歌集はわれの守り神

きりきりとせし日常に塩尻行きは一筋のひかり、ひまはりの花

青丘師のふるさとなれば絢子師もよくこられしよ広丘の街

系譜の信

祖の祀り自づ受け継ぎ催しゆく近くに住む長男一家

シキビの花抱へ墓掃除にゆくと言ふ息夫婦の背に系譜の信もつ

中庸をゆくが苦手の性なれど耐ふる立場の齢となりぬ

声あげて青空のもと般若心経一息に唱ふ夫もききゐる

阿波踊りの季ともなれば招きたき心のつのる常心に住む人

夫の顔

地球はわが為に回つてゐるといふ人　妻のスケジュールなど視野になく

担当医はわれのガンを切り捨てし宮本武蔵　つひに二刀流御披露さる

ストレッチャーに運ばれてゆく夫の顔は此の世の終りのやうな顔かも

術後の夜帰らむとすれば常に見せたことなき不安気な顔

アトリエの明かり無き日が続く夜半網戸よりの風はもう秋

第二の故郷信州

潮音誌六月号にて水穂会あるを知る共通の思ひ持つ友を誘ひて

思ひ立てば行動が先に立つ阿波女　絢子師が見えらる水穂会に心急ぐ

広丘を案内してくれし子たち今年は六年生しきり会ひたし

塩尻の歌人にわれと同名の千枝子様あり濱姉との縁結びの神

第二の故郷信州にわれを結びしは潮音が計らひし奇しき縁

初参加の水穂会

平成二十年

人恋し風に会ひたし再びを塩尻の風が招く初水穂会

去年広丘を導きくれし子等部活終へ駆けつけくれロビーが俄に明るむ

良太君がそつと握らせたるストラップ廻りに気を遣ふ今六年生

「にごり酒にごれる呑みて…」諳じつつ塩尻駅前旅のつれづれ

同名の千枝子さんは濱姉との縁結びの神わたしの分身

師の特別功労賞、雅子師の『星のかけら』の受賞共に寿ぐ水穂会

歌碑公園の青丘師の歌碑の前一人占めなすとねりこばはぜ羨し

おみいさん

一時間かけて走りし編集会、園瀬川河口のゆりかもめ舞ふ部屋

思ひ切つて新車購入これからの五年間は掛け替へのなき刻

新車にて吉野川堤ノンストップ、受け身の生き方変へむと思ふ

いつの間に枯葉マークを貼りたるか銀杏の落花盛んなる朝

寒き夜は大根葉《おねば》の入つたおみいさんことこと煮ながら師を思ひをり

＊おみいさんはみそ入り雑炊のこと

愛しきわが歌

われの年始めは潮音一月号の届きし日、選ばれし七首繰り返し読む

全能力をさらけて詠ひし二十首詠より選ばるる七首繰り返し読む

滲み出るものひたすら欲すれど為す術もなく空しく時過ぐ

全力で走りつづけて来し故に見えざるもの見ゆる愛しきわが歌

気がつけば東の窓辺に梅しらじら咲き初む空は鎌倉へつづく

ベッドが恋しき冬の朝一首捻り出してそこからひと日が始まる

日に幾万も壊れゆく脳細胞、俗界に煩はさるるなかれ明日の風吹く

こだはりて眠れぬ一夜明け窓に紅白梅が朝陽に耀ふ

自分らしき歌を作れ、寒の夜半凍てつくやうな満天の星

虎落笛一瞬の突風の後「潮音」の歌仕上がる肩の荷下ろす午前三時

よき縁

ほのかなる香りをのせて飛梅千里、よき縁に酔ひしれてゐる

北の海辺に咲く玫瑰の淡きピンク滲む歌碑　小樽に訪ひゆかむ

ときめきの少なくなりゆく現にて北の歌会は初恋に似る

ペン持つもままならぬ友に声掛くる歌一筋の人なれば

恩師に報いたる五十余年の歩みいかばかり　今山荘にあかあかと在す

救世観音像

法隆寺の救世観音像にはつとする遠くより見つめ給ひし師が顕つ

他の寺に無き花見堂、浄土寺の歌友《とも》の命嫁へとつなぐ

しつかりと手渡さむと師のバトンゾーン杳々山荘は紅椿燃ゆ

水無月は螢飛び交ふ鬼籠野《おろの》川、歌会の今日は花びらのせて

花か風か春はいま刻惜しむがに過ぎてゆく神山の桜歌会

牡丹寺

牡丹の花思はす人に逢ひたくてさされし心牡丹寺を訪ふ

自然学習の十五分、小三の児等公園に五月の光をふきこぼす

誌上でのみ知る歌人との出会ひイメージ通りのわれの歌幸

申し込みやアトラクションの相談なせり待ち遠しきよ北の大会

『短歌歳時記』執筆者トップに師の名前ありわれらの誇り

夫の手術

死の準備するが如く御嶽山の制作に集中する熱きアトリエ

好きな時に好きなもの食む倖せを壊すなといふ人遂に挫折する

明日検査といふ人さすがにしをらしく子供のやうに検査食啜る

自分でもわからぬ力が湧いてくる　夫はどこか優しすぎる

入院前夜やうやくわが膝に戻り共に見る西部劇

十一番札所に夫の手術の無事祈る夕暮れ深山に時鳥啼く

五時間の手術待ち時間の長さよ息夫婦と義妹《いもうと》に支へられゐて

ＩＣＵに帰り来し朦朧の夫との対話常には言へざる少女となる

酸素マスクや管よけて「よく頑張つたね」と撫づれば目頭に涙滲む

北の大会に参加させたきと朝の散歩と野菜ジュース飲みくるる夫

夫　よ

旭展望台への七曲り緑樹の間に輝くは師のふるさと小樽の海よ

夢に憧るる碑を前に大輪の花咲かせたる師と共に在り

紅簾片岩のうす紅を滲ませて〈飛梅千里〉の觀螢の筆

師の喜びいかばかり、〈銀河碑〉の恩師の碑の傍永遠に輝く

ありがたう術後浅き夫の背にひつたりと寄る帰宅せし夜

よきうた詠め

われにとり二回目の潮音大会北海道、術後の夫に心残して

旅に来て常にはかけぬ携帯電話、富士をも越えて聞く夫の声

安堵して大会の渦の中歌会一班に微笑《ゑ》む師が在《おは》す

ここが師のふるさと小樽、街路樹の下初に見るはまなすの実の朱

〈飛梅の碑〉の前に立ちたるわれはきくよきうた詠めと風のささやき

今宵満月

全国大会終りて思ふ「潮音」の源は信州と北海道にありと

常に載る頁にわれの名前無く夢のまた夢巻頭集とは

大会に逢ひし歌人くるるふみ感激にふるへる巻頭歌

旅心ゆする塩尻の風なつかしき「水穂会」より喜び届く

頂きし竹の花筒コスモスとすすきが似合ふ今宵満月

夫の癌

平成二十一年

四川、東北の大地震は意識の他夫の癌発覚に揺るる

アトリエに百号の裸婦夫の作品未完のまま蒼ざめしまま

とうに吾が心計りて師との逢ひ強く背を押す北の大会

この旅ほど携帯電話の有難さ知るはなし傍に居るごとき夫の声

ふるさとの恩師に報ゆる「飛梅碑」に真向かひたくて北の大会

愛弟子に支へられ〈飛梅碑〉建てたる師ふるさと小樽の海見晴るかす丘

人生を懸くるに値する人なりと青丘師なき後の師のいさをし

問ひ続けてきたる答を見つけたり一つのけぢめとなる北の大会

花芽角ぐむ

悲喜交ごも一纏めにして飛んでゆく今在るを幸せと為さむ年の瀬

しつかりと命繋ぎて逝きし義姉《あね》安らかに待ちゐる兄のふところに

われの死にそんな別れの称ありやここにきて事なき生き来し消極の孤独

仰ぎ見し葉桜それもみな散りて梢に早くも花芽角ぐむ

初冠雪の朝陽に輝く高越富士真向かひ歩む清しき朝

わがスタートライン

喪に服す正月は二人を包むしみじみと今在る幸せ屠蘇酌み交はす

兄弟みな逝きてふと気付く傍に強く生き来し笑顔美しき義妹《いもうと》がゐる

四十年ぶりの同窓会、真向かひて語る面に中学時代の姿が甦る

夫の癌オペ、小樽の飛梅碑、師との再会いづれもわがスタートライン

潮音集Ⅱトップのうた八首、牛歩の一歩徴すあらたま

ワシントンの大群衆われもその一人オバマ演説を待つ日本は真夜

青丘師の生誕百年絢子師が編みし青丘全歌集再び捲る

この年も愈忙しくなりますね千両万両が寿ぐ杳々山荘

「論語は日本の古典」しみじみと読む一貫せし師の巻頭言

美しき日本取り戻さむとカリキュラム小学校に古典入りくる

『冬空の虹』

潮音の歌末だ作れぬ締め切り前『冬空の虹』の虜となりぬ

（日野桂子様）

神が与へし甘えの構造持つわれに斯くの如き歌は詠めまじ

『冬空の虹』の序文に涙こみ上ぐ二十余年研がれし潮音の星

装丁はわれら姉妹の憧れの歌人芙峰画家の滲む紫陽花

入院に凝縮されし言霊は秀歌となりて花開きたる　（山田紅衣様）

花のハイウエー

ミサイルの誤報しきりなり　今宵庇に春の雨音

北のミサイル打ち上ぐる不安余所に列島の桜前線真盛り

われらが日本の両親とて別府に住む中国の娘に請はれて一夜泊

呼子は美しき玄海の海二男が接待の豪華ホテルにはなやぐ

九州の旅千kmの花のハイウエー癌を征服せし夫走破せり

真夜の庭

頬染めて無心に咲くや桜花、　打算なき青春の日の決断

旅より帰る真夜の庭に咲くを待ちゐし白牡丹の大輪が闇に浮かぶ

去年咲かざりし白牡丹包みたる芳香一気に放ちて夕べ人恋し

さよならを言ふ時よ止まれ白牡丹に傘さしのべる五月雨の庭

待望の白牡丹なり大輪咲き今年は何か良きことあらむ

吉野川第十堰

要らぬ危惧より放たれて朝食に鼻唄交じりのニンジンジュース

吉野川第十堰に何かを訴へる如し草群に啼くよしきり

長良川の二の舞踏むまじ第十堰初夏の陽を浴び黙し流るる

川をめぐる人の営み遥か桴流しの孤独蓙丸め持つ女

葦の茂みに姿を隠す蓙を持つ女を偲ぶよしきり啼きて

評議員

評議員の辞令受け学校教育との再びの縁なつかしく校門くぐる

その昔教壇で熱く燃えし若き星中学校の初代女校長として迎ふ

人の意見を受け止めようとする生徒《こ》らの瞳体育館に深緑の風

蚊の鳴くやうな声なれど自分の意見をしつかり述べんとする子に大拍手

新校長の熱き経営方針早くも滲み出る先づは登下校のあいさつに

共通の道

手放しで以前のやうには喜べぬ目つむりて聞く遠汐騒を

幻のきびしき目を感じつつ天の声受け止めて明日に向かはむ

短歌を詠む共通の道持ちて異質なる人との距離が縮まる

純粋なれば落ち込む度合も又深し夫と二人で見守りゆかむ

今この一瞬を大事に生くる師　短歌新聞の写真切り抜く

政権交代

核弾頭飛び交ふ地球温暖化政権交代の責任重く

広島、長崎、沖縄を忘れてはならじ政権交代重き夏逝く

伝統と新しきを目差す重き背に夫君の温かき瞳がある

次の世にバトンを渡す母君の九十三歳の意気込み誌上に滲む

釣りたてのあめごの塩焼き地の冷酒峡の宿の師との幻

神無月の雨

二十首詠生みの苦しみ終へし今神無月の雨しとど降る

いつか一人になる身ぞわれには「潮音」があり短歌がある

頭冴えし寝たきりの友の闇に光とならむ短歌を勧めてホームを後に

紀子様の御誕生日に招かれて「ゴキゲンヨウ」と若宮のお出迎へ　（良子）

雲の上の人との付き合ひ備はりし良子は優しき姪の一人

Ⅲ　平成二十二年〜二十八年

夏蟬の声

平成二十二年

青丘師生誕百年その大方を「潮音」に捧げし師の勲し

師を慕ふ心われと重なりて不思議にひかれる北のうたびと

厨より流れくるみそ汁の匂ひ徹夜せし書斎のわれにやさしあるじは

自立を促す夫の計らひかも知れぬ時々襲ふこの孤独感

書斎に籠る火照りを癒すしとど降る神無月の雨

短歌とは何、の独り言に短き命を羽ふるはせて鳴く夏蟬の声

必ず来る別れその前に為さねばならぬこと急がねば、今急がねば

師の訃報

いつもより早く届きし青丘生誕百年号火照りを冷やす十三夜の月

（平成二十一年十月三十一日）

念願の「妻から見た夫青丘の素顔」約束果たして逝きたりし師よ

いち早くあなたに知らせむと紅衣様より届く突然なる師の訃報

（平成二十一年十一月一日）

泣けるだけ泣けとかつてなきわが様を黙し見てゐる夫に救はる

落ち着きを取り戻しゆく初七日「よかったなあ絢子先生と出会うて」と夫

切に生きなむ

夫植ゑし白き山茶花初に咲く逝きし師と向き合ふ霜月の庭

濯ぎもの干して見上ぐる空の青、風のごと逝きし師の涼しげなる面影

師逝きて誰にはばかることあらむ一人占めできる今無性に会ひたし

いつの間にイルミネーション灯ししか亡き師を一時《ひと》逸らす夫のやさしさ

いづれが先かわからねどいつか来る夫との別れ今を生きなむ切に生きなむ

われの出発

「おお、よく来た」とわれ等を迎ふる師の笑顔晴ればれとして円覚寺山門

「ご苦労さん」と絢子師を抱きしむる青丘師を確かむ円覚寺の空真青に輝く

風邪押して一つのけぢめつけにゆく潮音葬はわれの出発

伝統を守りつつ「新」に向かふなり未踏の橋、若き師と共に渡らむ

ちらほらと目覚むる窓の白梅よ飛梅千里の師がそこにゐる

山藤の蔓

山藤の蔓は支柱を失ひて早春の空をまさぐりゆるる

日常を離れて籠る山小屋に熱きを冷やす白きしじまに

悲しみに浸る間もなく引き継ぎし重責こなしゆく若き師よ

潮音誌、短歌新聞とこなしゆくさすがは堂々潮音の星

雅子師の頑張りにともすれば後ずさりするをふるひ立たさる

蝶

三月号一頁のスペースに生きてもの言ふ師の写真、書斎に

（「潮音」太田絢子追悼号）

東慶寺への納骨すませたりと聞く、光子姑と何かさかんに話してゐる

血統より強きもの見る光子姑と絢子師、潮音の母二人

降りしきる雪のカナディアンロッキーを背景に原色の蝶飛ぶ　命の極限

完璧でなきを認めてインタビュー涙の真央はこれからのひと

春陽さしくる

短歌新聞の「夜咄」の十三首に立ち止まる辞書を傍《かたへ》に熱き闘ひ

絢子師の一首逍遥四十二回連載されし人、無性に知りたくて

師の導きか、緑の和服着こなされ近寄りがたき茶道究めらるる人

師逝きて己を探す冬長し闇の向かうに春陽さしくる

逝くものは満たされし日を語らず黙し地に還りゆく桜花びら

合評

桜吹雪を見届けて咲く花水木　花には花の法があるらし

集中力よくも切れずに来しものよ短くも熱き師との邂逅

なるなかれ燃えつき症候群などに私はいまだ開花してゐぬ

落ち込みしわれに給ひしうた一首〝少し愛して長あく愛して〟

素地のなき心のままのわが歌に光となりゆく短歌合評

一つの自分史

垂直に降る五月雨に澄みてゆく子供のやうなわたしが見える

臆面もなく師に向かひたるそれしかなかつた一つの自分史

大き事為す人はかくてありなむ万有愛「吾らの声」に教へられゐる

思ひがけぬ水茎の封書に震へをりみどりの風に乗りて届きぬ

一筋の光さしくる潮音の輪にありて亡き師のお引き合せかも

新潮音丸

七千キロの雲の上真青なり新しき「潮音」の船出歌会　東京に飛ぶ

豊かなる異質が解け合ひ出航する新潮音丸、水平線が招く病む妻を思ひやりたる夫の歌　神よこの夫婦の荷を軽くして！

解したき難解の歌若き歌続けて欲し誌上での会ひを約して

師の導きか関東の社友との出会ひ全国大会への夢に繋がる

〈恋人よ〉

深緑が日々増してゆく静もりに汝はアトリエわれは書斎に

個展に向け集中する絵筆置き流れくるエレクトーン調べは〈恋人よ〉

締切りの原稿仕上がる午前五時ラジオより邦楽のしらべ「朝の海」

この人と思へば絶対放したくない気付けば蜘蛛の巣の真ん中の我

友とふたりリュック背に行く旅は最後かも　五時起きで歩く日課はじまる

『桃夭』

継承を為し終へし母を称へたるピンクの遺歌集『桃夭』届く

見えざりし師のこの部分に惹かれしか臆面もなく無防備の吾

夜を徹して『桃夭』に浸る師と二人、秋虫ちちちち窓白みゆく

夫の個展、県短歌大会事務局と猛暑がつづくこの夏がゆく

やうやくに辿りつきたるこの境地、師一周忌前の久に見る月

銀色の水鳥

吉野川で拾ひたる青石に〈愛〉と彫るを握らせくれし杳き晩夏

金槌と釘持て汝が彫りし〈愛〉の青石高校最後の夏休み

愛の意味などわからぬままに少年と少女銀色に翻る水鳥

一度は前の川に投ぜんか身代りの石どぼんと夕闇の中

もう終りかとあの時思つたと汝の言ふ結婚五十六年八十路に向かふ

夫八十歳の大作

平成二十三年

毎月発行「徳島短歌」支へくれし先人とひたむきな社友のありて

校正終へ夫の個展の搬入に駆けつけきたりそごうギャラリー

これが最後になるかもと娘に支へられ訪ひくれし人八十九歳

阿波踊りは市役所へ槍ヶ岳は友が奉納氏神様へ夫八十歳の大作

薬片手によく似た頭脳すり合はせ異質が解け合ふ疲れを知らず

ピンクで祓はれし遺歌集『桃夭』、お母さんは幸せでした

普通であれ、純であれ、今のままであれと師の声が聞ゆる

階段となる

日本歌人クラブ大会に参加して道の遠きを又も知らさる

子規記念会館のロビーの玻璃に透けて立つ見上ぐる立木に命澄みゆく

白大島の松山の歌人特選の栄　子規会館の紅葉に映ゆ

車椅子の友を連れ出す四人組子規記念館の紅葉坂道

師逝きて多くを学びしこの年は八十路に向かふ階段となる

水いらず

見果てぬ夢見てゐるのかも年の瀬に詠ひ尽くせぬ長き夕映え

年明けて『桃夭』再び読み返す曳きしわれのひとつのピリオド

師の計らひか関東の歌友《とも》との巡り合ひ来年の全国大会へのときめき

短歌道にて師と出会ひ生くるとは死とはと問ひ続けきし熱き七十代

照れくさき事も言へたり水いらず二人で屠蘇を交はす元旦

全国大会

「何もかも乗り超えねばなりませんね」われをゆさぶる水茎の賀状

関東で再びの逢ひ約せし師はもうゐない全国大会の期日が決まる

師のゐない全国大会などとゆれ動くを遮る関東の歌人

全国大会の期日が決まる列島の大雪、関東、塩尻、滋賀よりの顔

消極か前向きか揺れる八十路の第一歩溢れる光が招く坂道

難解のうた

新しき潮音の星ならむ去年七月四日東京で逢ひし難解のうた詠む人

吃音のムンクの叫び聞こえくる三月号「ぼくの末路は」

発狂に耐へひたすら歩む彼のうた潮音三月号に目まひす

やうやくに彼のうた解するやうになる鈍感なるや老いのさみしき

友誌として徳島短歌を取り上げてくれたる人よ不思議なる縁

妹の死

大津波悲しみの声のその最中《もなか》妹の急死　言葉失ふ

ヨガより帰りし服装のまま美容室の床で倒れてゐし雪の朝

命余すところなく生きて唐突の死は妹の遺影に翳を残さず

見事なる終焉と汝れを褒めつつも少し早かつたと涙こみ上ぐ

短歌を勧めてよかつた響き合ふものありて深みゆく日日なりし

きらつと光るもの持つ妹の短歌《うた》なりしこれからといふときに悔しき

師に続き妹の死は両翅を失ひし蝶　どこまで沈みゆく晩春

まなうらに焼きつきし大津波に攫はるる如く逝きたりわが妹は

四十九日の法会の読経に奥深く根差すもの研ぎ澄まされてゆく

泣くことも戸惑ふ間もなき若き師よ大河「潮音」の流れ止めるあたはず

既成の脳内ミックスされて無彩色そこから生まれるわたし何色

大震災

大震災と時同じくし妹の急逝に100％奪はれ三月《みつき》

〝太陽と水と空気があればよし〟根こそぎ揺れる福島原発

原発など要らぬと言ひ切れない歯がゆさ何かうごめいてゐる

吉野川の堤に深呼吸この空気存分に吸はせたき福島の児らに

この三ヵ月で多くを学ぶ豊かさとは何、生くるとは何

鎌倉文学散歩

鎌倉が呼ぶ亡き師が招く〝鎌倉文学散歩〟にあやからんとして

講演の後思ひもかけぬ展開に夫君の案内にて杳々山荘へ

妹と訪ひし七年前が甦へるこの急石段も檜皮葺門も

再びの杳々山荘師はもうゐない佛壇に青丘、絢子師の写真

義妹《いもうと》の突然の死は八十歳《はちじふ》の大地震容易に戻らぬ　朝の鏡に

この悲しみよりもつと悲しい時が来るわれが残るを前提として

東慶寺の太田家の墓に納まる絢子師に生くる力を頂きにゆく

納骨を終へて見上ぐる雲の峰眩しく伸びて夏真つ盛り

八十歳《はちじふ》がくればまつ赤なスポーツカーで再びとの夢叶へたし夫老ゆ

『夏つばき』

秒よみに忙しき師の日常に第二歌集『夏つばき』の出版

『夏つばき』手にしておもはず机上を拭く白き装丁汚さぬやうに

夜を徹し読み継ぐ『夏つばき』深き哀しみが響きくる

『夏つばき』の哀しみと共有する思ひいよいよ焦点化する朝明け

この道しか無い、貧しき吾を磨くより他に道なし終焉をゆく

被災者偲ぶ

被災者に何もできない罪意識わが家を襲ふ上下震に不思議な共感

マグニチュード4.5の表示さる日々不安に耐ふる被災者偲ぶ

裏庭の柿は日毎に色づきて柿大好きの妹もうゐぬ

「お早う」と今にも現れさう朝の庭の真紅の薔薇が妹となり

朝陽に向かひ群れ咲く野菊のうす紫最も好きな季　庭の空間

赤とんぼ

平成二十四年

被災者に何もできない罪意識少しうすらぐ同体験に

大方の事には耐へられる昭和一桁、〝原発〟はもう要らぬ

節電、節電とテレビの画像、まじめばあさんクーラー無しの熱帯夜

老人は戸惑ふばかり、若きらに迷惑かけじとひたすら歩く

二度ともう帰ることなき妹が「生き返ったのよ」と彼岸の朝夢

台風一過朝の狭庭のハプニング小さきしるき赤とんぼ生るる

妹に代はる歌人現れる来年の全国大会弾みて行かん

『太田絢子全歌集』

玫瑰の色装丁にずつしりと絢子師全歌集　小樽は遥か

花柄の巾着は師の匂ひする小樽の宴席でのわれの秘めごと

着々とこと熟《こな》しゆく若き師は青丘師亡き後の絢子師に重なる

三回忌に合はせ編む『太田絢子全歌集』ありがたうと笑む師が浮かぶ

三・一一に続き三・一六は妹の急死　逆に被災者より元気を貰ふ

八十路の一歩

喪に服す元旦に「潮音」届く表紙絵瑞々しき新玉の光

伝統と現代の光溶け合ひし表紙絵に浮かぶ太陽の楕円

神の御計らひか元旦に届く潮音誌揺れ動くわれの背を押す

夕茜背に吉野川に裾曳きて落つる高越山吾等の阿波富士

初雪は横なぐりの氷雪、帰らぬものすべて流して八十路の一歩

佳き顔で

新年にトーンの高き歌友《とも》のTEL　一月号144頁を見よと

崖から突き落とされたる獅子の子われの三年間の苦闘誰も知るまじ

四年後の関東での逢ひを誓ひて別れし北の大会ひたすら師に会ひたし

全国大会のファンファーレ　先づは関西歌会久に逢ふ人みな佳き顔

われにとり短歌《うた》とは何と問ふなれば佳き顔で年重ねゆくこと

妹

東日本大震災の哀しみ詠み己が死期予期せざるまま逝きし妹　（三・一六）

ヨガより帰りそのまま倒れしは粉雪舞ふ弥生の夜なり

義妹とは名のみ、同じ未年に生れて十代より親しき絆なり

二十五年ヨガに励みし妹なればデザイナーの娘はインド産の美しき墓碑を建つ

離り住む子等が建てたる墓碑の名は「優しくしてくれてありがとう」

なつかし誇らし

桜開花に先がけて松山の紅衣様明治神宮の献詠歌特選となる

「短歌新聞」に代はる「現代短歌新聞」創刊号が我に届く

伝統を守りつつ新しく踏み出さんとする潮音の若き代表創刊号に載る

潮音の新進気鋭の高木さん「被災地から」と題して二頁目に載る

潮音の諸先生のお歌創刊号に載る何故かなつかし何故か誇らし

夢ひとしづく

東北は日本のふるさと日常を離れふいに泣き帰りたき郷

若者の就活成功を先づ思ふ東北の被災地復興のはじめに

四十年を刻みて人生の檜舞台に立つ子らの若さ眩しむ招待席にて

夢中で走り続けし「潮音」に十年師逝きて立ち止まれば夢ひとしづく

『太田絢子全歌集』特集号届く皐月の庭のわが桜桃季

歌　友

我が枠を破りたきを解してかしきりに届くTANKA『開放区』

若者向きの短歌誌なりしきり読みたく長方形の拡大鏡購ふ

目の前に立ちはだかれる鉄扉ありぎしぎしと開き明るみに向く

全国大会への手続きをすべて終ふ亡妹に代はる歌友生るる

師への思ひやうやく開放されてゆく潮音とふ歌友の和に育まれ

喘ぎの三年

師逝き妹逝き三・一一が逝く喘ぎの三年われはどれ程変はれたらうか

「しっかりせよ」こんな人もゐるよと送られし『倉地与年子全歌集』神戸より

締め切り前の集中力を横取りせし『倉地与年子全歌集』夜を徹し読む

謹呈と二人の師の名　潮音の心響き合ふ有難き和の中

雅子師の『天鼓はるかに』の解題はわが八十歳《はちじふ》の生に拍車をかける

傾城阿波鳴門

友がかたる傾城阿波鳴門「潮音」の全国大会のレクにとひらめく

阿波十郎兵衛屋敷の実演にお弓の所作、母娘の別れ体に刻む

刻々と全国大会迫りくるレクの不安とときめきが交差する日々

今さらに後へは退けぬ友に支へられ俄なる寸劇に腹をくくる

レクの傾城阿波鳴門はわれの第一歩、会場のどこかで亡師が見てゐる

四年後に関東でネと握手せし掌のぬくもり、亡師は必ず御座す全国大会

「おおよく来たね」と幕張駅に迎へらる潮音の旗に亡師が重なる

崖より突き落とされたる獅子の子われの苦闘、師のみが知る

よく頑張ったネと師の笑顔、三年間の苦闘が吹きとぶ全国大会

アトラクションの傾城阿波鳴門若きらにつられてやり遂ぐ

恥ぢぬ歌

師の急逝にて揺れに揺れたる苦闘三年が堰切つて流る初白鷺歌会

諸々の気遣ひより放たれて三十一文字を学ぶ幸せ

水を得た魚のやうに新しき師の前で全開吾のスタートとなす

先づ白内障の手術などして「潮音」の名に恥ぢぬ歌われは詠みたし

これも又亡き師よりのプレゼントそんな気がする白鷺歌会

優しさ　　　　　　　　　　　　　　　　　平成二十五年

ありのままでよいと言ふその優しさが怖い二人で八十路の坂ゆく

雨の日は部屋に籠りてあの人を憎まぬやうにぼやつと居たい

巡りの人がすべてわれより偉く見ゆ登校の子等、出勤の猛スピード

それぞれのらしさ出し合ひ響き合ふ中での仕事楽しかりけり

〈1＋1＝2〉だけではなきプラスアルファ磨きてゆかな

吉野川短歌大会

十月尽雲一つなき真夜の空あの夜と同じ月煌煌と冴ゆ

穴があれば入りたき思ひ改めて読み返す「潮音」11月号を

（新田光様よりお手紙いただく）

散り敷ける欅の落葉掃き終へて朝の庭に山茶花の白

忌部の文化が甦る吉野川短歌大会いよいよ立ち上ぐ

「おこうっつあんは逃げたりはせん」友の短歌入賞の栄われらの誇り

三十一文字

たぢろがず受けて立つべし新年号、生きねばならぬ遥かなる道

遠くより近くより届く賀びの声素直に受けて踏みしめ歩まむ

燃ゆるものひそかにこむる三十一文字除夜の鐘を聞き終へし朝

東北の寺より響く除夜の鐘一人になりし老母を偲ぶ

枯草のひとしく揺れる野の昏をしみじみ夫ありふるさとの道

重き闘ひ

福岡の家族を乗せて十時間久に会ふ掌君は今年成人式

久方にはらから揃ひ新年の盃交はす幸せ他は何も要らない

四年後の全国大会福島と聞く指折り数へてわれは八十六歳

われにとり難解の短歌《うた》が評価さる密かに慌てる関西歌会

歌会より帰りし夜は眠れない広辞苑との重き闘ひ
　　われの歌を

締め切りが刻一刻と迫り来る集中力乱れる深夜の氷雨

よき歌を詠まんとする程詠へないスッピンのわれの歌を詠はむ

締め切りに追はれるなんて一端のもの書きのやうなこと言ふなかれ

助け船二ヵ月に一度の勉強会前山のトンネル抜けて師に逢ひにゆく

一言も聞きもらすまじ師の教へわれの脳に吸ひ込まれゆく

「はがき歌」

地方誌のわが巻頭文、思ひもかけぬ忙中の師より届く熱き気配り

巻頭文すてきでしたといち早く東慶寺の桜絵はがき

東慶寺奥深く眠る絢子師の声が聞こゆる桜絵はがき

名のみがとんとん一人歩いてゆくうんつうんつとついてゆくわたし

わが短歌もたまには一人で旅に出よ「はがき歌」入賞の栄

「八重の桜」の

要らぬことに打ちひしがれてゐしに気づく「八重の桜」の文学の旅

人の倍頑張つた七十代十年に自信を持てと鞭打つ八十路坂

五時起きで三時間を走り続け腰痛も忘れて何かが目醒める

老樹二樹が聳ゆる中庭に「良心碑」建つ同志社大学正門

京都での八重の活躍のあと偲ぶ吾の苦しみなど苦しみでなし

歌　幸

すつきりとしないままなる重き日々　癒されたる歌集『午後の籐椅子』

わが裡を見透かし送られきしやうな師の帯が付く『午後の籐椅子』

又一人響き合ふ歌友《とも》と出会ひたりこれが歌幸といふものか

鴨島教室二十年記念なる『うたごよみ2』の出版二年後に迫る

亡き師への恩返しが出来てない、支へられてゐるのだ今一番苦しいところ

みんな佳き顔

土御門上皇と共に自刃せし祖を偲ぶ五所深き渓谷

人気なき神社を守るこま犬の苔むす背をこよなく撫づる友の手

いづこより黒蝶一頭ひらひらと訪ねしわれらを迎へる如く

それぞれに体の不調持ちながら友に会へたる喜び今年格別

あの日より六十八年生きて来た生き方が示すみんな佳き顔
　　つれ添ひて

リウマチと闘ひながら最後の個展とカンバスに向かふ夫の背

かうしてゐてはらちあかぬとわが夫はテレビと決別　われには無きこと

夫は自由人われは学校の先生なり　一つだけ共通するは山好き旅好き

ハンドルを持てる腕に身をゆだね八十路のドライブけんかはしない

富士山に御礼参りの車旅　つれ添ひて六十年を前にやうやく目処たつ

蟬しぐれの朝

今日が最後と個展会場に向かふ　じわつと嚙みしめる蟬しぐれの朝

やらうと思へばできるものなり熱中症も何のそのこの人ありて

われの宝生あるうちに気付きたりこの人は苦労に値する人と

永遠に一人占めのできぬ太陽を追ひ求めたるゴッホひまはり

水を水をと絶叫したるムンクの叫び空しく張りつく広島、長崎

『葦笛』

師逝きて本腰入れむと短歌道探る四千余首の秀歌『葦笛』

『葦笛』の四千に余る歌何回も読むへとへとになりて先づは其処から

書きつぶしたる原稿用紙の湖となる『葦笛』と向き合ふわれの金城

『葦笛』四千余首より選ぶ十二首、踠きもがきて何かを吹つ切る

うまく詠めなくてもよい向かうで師とお会ひするまで詠ひつづけむ

平成二十六年

十月尽

自立に向かふを見届けてきぬ五回目の十月尽　月既に無く星の瞬く

十一月に入り曳きしものふつ切れた気軽さに居る秋天のもと

この日来るを見通して揃へたり水穂、青丘の本絢子師の笑みの浮かびく

再来年の潮音創刊百年記念大会はわが遅まきながらの「潮音」スタート

引き継ぎて全国大会『震災の碑』抱へ東北の歌友に逢ひにゆく

この一年

響きくるやさしき風に応へたく貧しき裡と向き合ひし一年《ひととせ》

この一年の吾の苦しみ新しき自分探しの道かぎりなく続く

血圧正常に戻り白内障オペ無事終る清しく駆けゆく師走を過ごす

白内障治療さ中に詠む今年最後の潮音の歌、杳々山荘に飛んでゆけ

八十路は陽だまりの縁側でゆるり水穂、青丘を読む

同窓の星

ふと付けしテレビの白馬連峰に昔が戻るわれの新年

白内障のオペ終へて運転免許更新に自信満満まだまだこれから

同窓の星であれと吾に残して逝きし友初春の渚に佇ち省みる

夢は必ず果たすもの生き様が語る今年午年の夫は

七七七号徳島短歌祝賀会支へ続けこられし先輩の笑顔

一心

一人でも行くと決めたり師や歌友《とも》に逢ひたき一心関西歌会

一人でも行くと決めたるに無言の拍手　四時起きしたる夫に送らる

われにとり難解の歌が評価さる靄の深きに立ち向かふ不思議

雪連ね湖北遥かに比良の峯思はずつぶやく「晩春の別離」

この夜はソチの五輪と決別す徹夜は覚悟の書斎に籠る

歌碑

八〇〇号に向かふ作業に携はるわれの幸せ嚙みしめてゐる

（「徳島短歌」）

師が目指す短歌の底辺広がりて吉野川市短歌大会立ち上ぐ　（延原健二師）

「よく頑張った」此処にきて永遠なる四国三郎を眺めようぞ

北山の一際高き大山の師の歌碑がわれをしきりに招く

大山より「よく頑張った」とここに来て少し休めといふ師の声す

師の歌碑の建つ大山にわが歌碑も今目の前に立つとふ不思議
（四月五日除幕式）

ともすれば年齢のせゐにするわれに大きゆさぶりありがたう真央ちゃん

息の電話

同窓会で帰省をすると息の電話うつ状態にさみどりの風

何もしたくない吾が腰痛を忘れては動き出す母と息子の絆

電話で息はいつも「母《かあ》ちゃんは」と聞くといふ男親のさみしげな顔

両親の歌碑訪ねんと大山に向かふ息子とその父を送り出したり

この齢で二人揃つて好きなことに向かつて生くる親を標にと言ふ息

水玉のリュック

これからだの夢に押されて白内障こはがりの吾がふみ切つた手術

これからだのわれの勢ひを制御する術後悶々の日々六ヵ月

この歳ではじめてわかることばかり見えざりしものが見えてきだした

到達点の無きわが性に立ち向かふ短歌命となりてゆくなり

息が購ひくれたる水玉のリュックなり少し派手目のTシャツ詰める

同窓の友

世話役に手間かけまじと同窓会の日は七月四日戦災の日と決む

腑におちぬ事を言ひたる同窓の友あり限りなく優しくあらな

花柄の手押し車を押して来し友家族の優しき中にゐる顔

死亡欄にも載せぬままなり静かに逝きし友に捧ぐるわれの黙禱

同窓の星でゐてねと吾に残し一人静かに旅立ちし友

ぼちぼちゆかうか

潮音の百周年のめでたき節目に関はることの出来る幸せ

来年は潮音百周年、再来年は福島全国大会と続く

もたもたとしてはゐられない十月にはなつかしい水穂会が待つてゐる

八十歳の坂はきついと先輩が言つてゐたその唯中にゐる

水穂、青丘の分厚き本が書棚にそのまま、まあぼちぼちゆかうか

水穂会

水穂会恋人に逢ひにゆく如くひつそりと一人旅のスケジュール組む

鉢伏山、師とのドライブ車中に廻つてきし信濃をみなの香の物なり

亡き妻と翼広げて飛んでゆけ常念岳そびゆる安曇野の春
（新築祝ひに旧友に捧ぐ）

ダイヤモンド婚祝賀式出席といつになく素直に受くる夫の横顔

書道展の友の「遊」の一文字かすれて滲む趣深し

塩尻の風（二）

「生くるとは」身を持つて教へ給ひたる師の影を追ひ水穂会へと

塩尻の風が招くよ水穂会妹逝きて一人の旅なり

一人旅の不安を打ち消す水穂会亡き師に少し近づく想ひす

百万円持ちて一人で来たるといふ神戸大会師は八十八歳

市長より一組毎に祝辞受くダイヤモンド婚いつになく神妙なる夫

ひとり旅

平成二十七年

新しき自分探しの一人旅忘れざる人の名をそつと呼ぶ

ひとり旅こそ旅の味と夫は言ふ佳き歌の材感じて来よと

やりおほせし一人旅かつてなき自分を見る十一月もとんとん過ぎゆく

しらさぎは心の翼《はね》をゆつたりと海峡越えて渡りくるなり

石橋妙子の「潮境」の歌碑響き合ふ徳島の地に建つありがたきかな

孫娘の結婚式

孫娘《こ》の結婚式を打上げとして生きてゐることの幸せ嚙みしむ年の瀬

（ＳＯＤＯＨ東山京都）

娘を伴ひバージンロードを歩みくる息、今日は花嫁の父として

背景は窓一杯の庭園の滝、エンゲージリングを交はすベールが眩し

防衛大の花婿なれば制服凜凜し花嫁も共に挙手の礼せり

旅より帰れば玄関先に土付きしままのはうれん草袋一杯届けられをり

未年の女は

「潮音」の百年の年、潮の音聞きにゆかむ青くさくてもよい此処から出発

初春や「青」の世代の到来に解け合ひわれの一歩踏み出す

昭和六年の未年の女は佳き女とか何か佳き事ありさうな年

大ジョッキのジンジャー・エール飲み干しぬ一端の酔ひ気分若き友等と

ねばならぬより解放しありのままの自分でありたしこの一年を

理想の国

潮音百年の歴史をバトンタッチしてゆく若き師に力を与へられゐる
頑張つてゐる若き師の手伝ひも出来ぬわれ反対に生くる力を与へられゐる
潮音の七首やうやく出来ましたいつものやうに締め切り間際
締め切りがありてさうしてわれが在るどうにもならぬ性との闘ひ

テロといふ形の他に理想の国作れぬものか人間《ひと》の悲しみ

若き歌友《とも》と

潮音百年を支へ継ぎ来し母三人　光子、満喜子、絢子師ありてこそ

百周年記念祝賀会、若き歌友《とも》と連れ立ちて東京の風に会ひゆく

これからだといふ時なるに眼を病みてもたもたしてゐるわたくしがゐる

思ひばかりが先に走りて何も出来ぬ現し身に短歌詠むひとときがあり

白百合添へて

束の間に花の盛りは過ぎてゆく又思ひ知る春のわが窓

ほろほろと日々朽ちてゆく残像をわが清しさとして生きてゆきたし

今朝仰ぐ春の高越の峰遥か千切れ雲飛ぶ風強かるらし

黄砂に煙る讃岐の山脈低く伸びわれらが歌碑建つ大山しのぶ

好きだつた白百合添へて四回忌妹の墓に捧げにゆかむ

平和

もう二度と昔の轍は踏むまじき国会中継しつかりと聞く

何となく戦争につながる気配するもう二度と昔の轍は踏むまじきものを

身のまはり戦争を知らぬ人ばかりこの今吾は何を為すべき

ウエディングドレスの早耶香の手はやさしかり式場一周する思ひもかけぬこと（孫娘）

今届く「潮音百年記念号」大仕事為し終へし師に感激の涙こみ上ぐ

潮音百年記念祭

刻々と迫りくる潮音百年記念祭関係事務局の方々のご苦労偲ぶ

われも猛暑の中を体調整へんと点滴に通ふその日の為に

あの人にもこの人にもお会ひ出来るだらうか楽しみにしてゐるその日を

師逝きてやうやく吾が為すべきに着手するに到る幸せ

絢子師の和服姿の写真が笑む重き歳月よく乗り越えてきたと

潮音創刊百年記念号

永々と続き来し潮音百年記念号発刊の年に居合はせたる幸

潮音百年記念号一足早く届きたり徹夜で読み感激の涙こみ上ぐ

潮音百年に至りし重み忘れてはならじ近藤絢子の決断

先人の潮音歌友に支へられ「徳島潮音」若き息吹きよ

たかが短歌、されど短歌よ命果つるまで続くなりこのうたの道

逢へるかも

短歌の底辺広げむと立ち上げし吉野川短歌大会六回目、心急く中

分厚き百年記念号に引き続き百年祭実行委員のご苦労偲ぶ

伝統をしつかり踏まへ新しきを切り開きゆく若き師の勢ひ強し

あの人にもこの人にも逢へるかも少しでも老のよき顔でと美容院に行く

亡き妹の生まれ変はりのやうな気がする歌友が現はれきたる

百周年記念祭

平成二十八年

見覚えある和服装ひ百周年祝賀会絢子母の満面の笑み浮かぶ

吉永小百合の母と雅子の生母は親友なり小百合の祝文朗読に会場静まる

心籠る設営に感謝　友にも会へ来年の福島の友と約束

百周年記念祭見事に為し遂げて先祖に報告　雅子夫婦の勲し（東慶寺）

若き歌友が育ちつつありますと佛前に告げむ杳々山荘奇しき出会ひ

ダイヤモンド婚

この人と来世も共にと漕ぎつけるダイヤモンド婚われの未年なり

吉野川市短歌大会の大役無事終へて胸元まで満ちくる潮の音を聞く

短歌の底辺広げむと立ち上げし鴨島短歌教室二十年の歳月流る

朝な夕なに見晴るかす阿讃の山並大山に孝彦千枝子の歌碑永遠に

短歌を詠むことと生くることは同じなりとわれに残しし亡き師の言葉

『百珠逍遥』

待ち居りし『百珠逍遙』今届く一つわれの区切りとなりぬ

指を折り数へてみれば七回忌、自と向き合ひし重き歳月

昭和六年生まれのひつじわが最高の年嚙みしめて送る師走となりぬ

胸元までも潮満ちて広がる未年をスタートと為して一歩踏み出す

来年は我に残しし課題に向かふ行く手を阻む山一つまた見えくる

元旦

和やかな小春日和の元旦は曽孫中心の笑顔で満つる

新しき出発曽孫も加はりて四世代らの揃ふ元旦

大型の新カレンダー、スケジュール早くも詰まりとんとん過ぎゆく

初夢も見るなき真白な心にて歩み来し一筋の道ふり返り見る

『太田絢子百珠逍遥』一生の宝としてこれから先の道築きてゆかむ

山　頂

正月はグレートトラバースＢＳ１　田中君と共に日本百名山

玉音があと一週間おそければこの人と開聞岳の頂上に立つことはなし

予科練の若き命が飛び立ちし沖縄の大海原ははるか彼方に

尻を押し上げられて山頂の岩の上思はず抱き合ひし感動忘れじ

〈白杖の人〉百周年祭の「葦笛」の席にゐたり福島が近くなりゆく

亡妹の

劔岳、登頂果たしたる友は今人を拒みてホームに籠る

十二支の友手作りの縫ひぐるみ桐箱より差し替へる今年申年

亡妹の自慢の息が新しき家族三人で墓に報告

妹の喜ぶ顔が目に浮かぶ生後七ヵ月の初孫との逢ひ

〝こらっせ〟の響きやさしきお誘ひに心は福島　ウォーク、るんるん

詩は育つ

明治神宮献詠歌特選の栄を受く〈日向海砂〉の歌碑徳島に建つ

すれ違ふ遍路の肩に蝶が舞ふ十七番井戸寺に青き碑

帯〆に蝶さりげなく止まらせて母の形見の和服が冴える

何よりも若くして先立ちたる背の君が浮かぶ「よく頑張ったね」と

底抜けに明るき徳島の地にも詩は育つ一度呼びたし全国の歌友《とも》

※歌の引用部分「　」内の現代の言葉は現代仮名遣いとしています。

散文

飛梅千里歌碑

良きえにし北の春より南へと飛梅一千里香はいかばかり

このお歌は青丘師との結婚の媒酌の大役を果たされた小田観螢師が絢子先生に結婚のお祝いとして贈られた名歌であります。

その後五十余年の年月が経ちました。昨年平成十九年七月十九日「北海道潮音会」の足立敏彦会長をはじめ愛弟子の方々に支えられ、絢子先生が古里小樽の旭展望台に〈飛梅千里〉の歌碑を建てられ、その除幕式が行われました。娘雅子師と共に参加されています。

私は一度は「飛梅千里歌碑」の前に立ってみたいと思い続けてまいりました。第二十一回潮音全国大会（札幌）で、最後の日に小樽へ連れて行ってくれるとの計画で、この日の来るのを心待ちにしていました。

二台のバスを連ねて同行の徳島勢五名と絢子先生とご一緒にドライブ。ふと去年の塩尻での水穂会で鉢伏山へドライブした事がなつかしく甦ってきました。先生は本当にお元気だなあ…。

展望台の広場には既に建っていた小田観螢師の名歌〈銀河碑〉の側に〈飛梅碑〉が建っていました。紅簾片岩という自然石で、よく見るとうす紅滲ませてつつましく、しかも堂々の佇まい。まさに絢子先生の生涯そのもののようで感激の涙がこみ上げてまいりました。「実り」ということや本当に「分かる」という事は五十年の年月を要するものだ、といつか言われた先生のお言葉が浮かんできました。

定年退職後の私に生きる力を与えて下さった絢子先生に何をもって報いればよいのか、問い続けてきた答えが見えてきました。

自を磨き良き歌詠めと聞こえくる〈飛梅碑〉の前風のささやき

「潮音」平成二十年十一月号（潮音第二十一回全国大会特輯）

自学自習

江島さんの追悼号の見通しがようやくついてほっと一息という時に、松山の子規記念博物館から封書が届いた。

潮音社へ送る七首を締め切り間際に速達で送っていた。それを郵便局員の教え子が見ていて、「先生、短歌を送ってみませんか」と言われた。私は徳島短歌にも七首出さねばならないし、編集、校正の仕事もあり、そんな余裕はないと言ったら、このはがきに一首書いて出すだけで出品料も要らないと勧められ、しょうことなく何でもよいと思いポストに入れたその歌が入賞したのである。入賞の通知と表彰式の案内状が入っていた。正直いって忘れていたのである。応募歌数は九千四百四十五首で審査員の名前も載っていた。その中に歌人の永田紅さんがはいっていた。徳島へも二回程おいでて講演をお聞きしたことがあった。

ともかく私に忘れられていた私の短歌が一人歩きしていて拾われたのである。びっくりするやら嬉しいやら。三月二十日の表彰式には絶対参加したく、同封のハガキで申し込んだ。

　雨の日はぼやっといたい彼の人を憎まぬようにぼやっといたい

この歌が出来たあの頃が浮かんで来て泣けてきた。忙しさにかまけて一人歩きできない私だった。勇気を出してたまには一人歩きをすることが必要なのだと思う。決して迷い子になることなく、必ず拾いあげてくれる人に出会うものだとつくづく思った。

短歌を詠もうとする人に、自分の思っていることを上手に表現したいと思わない人はいない。よい作品に仕上げたいとは誰しも思うことだ。難解の短歌をよいと言う人達にいささか疑問を抱く。平明なうたの中に深い人間の起伏がにじみ出てくるような歌をと常に思っている。むつかしいことと思うが…

巻頭言ということが頭にあり少々こだわりもあったが、本田代表がいつも言われていたように「短歌は自分で勉強するものである。機会をつかんで積極的に短歌を投稿して自分を磨いて行ってほしい」と。消極的な私には図星の言葉である。

「徳島短歌」平成二十五年四月号巻頭言

人間百歳足生涯

人間百歳足生涯
富貴聲名一瞬花
長壽康寧別無法
安眠節食避風邪
答人　盧洲

作者は坂本不二子師の父、漢学者であり郷土史家である、松村志孝氏の直筆の色紙。

今住んでいる家を江川の辺に新築してもう五十年の歳月が流れた。当時は螢の明滅も見えたし、朝餉のしじみもとれた。新築の家にある日、坂本不二子先生と三木英さん、阿部房江さん達が訪れた。その時坂本先生がお祝いとして下さったのがこの色紙である。漢学者の御父上が直筆された漢文五行詩である。音読みは出来ないが漢字からの意味で百歳迄生きる教訓である。時々迷い込む人間の俗心を解放してくれる心の指針として部屋の正面の壁に飾っている。

さて、そもそも私が徳島短歌の編集のお手伝いをするようになったのは、田中利治さんが急逝され昔からのなじみとして眞野孝彦が手伝うことになっていたからである。孝彦は絵の教室が忙しく私がピンチヒッターとして手伝うことになった。

船井さんのお宅からはじまり、横山さん宅阿部さん宅と次々とお世話になった。私にとりその十年間は相当荷が重かった。そのうち阿部さんが入院、田中さんに続いてこれからという時に亡くなられた。

今、徳島短歌はみんなの協力で会員も百人になり、編集委員も若手が四人も入ってこられて活気づいてきた。

歌碑の建立についても、本田代表の並々ならぬ努力で、大山寺の延原先生の碑のある寺に建つようになった。又、この六月には日本歌人クラブ四国ブロック主催の四国短歌セミナーが徳島で開かれることになった。徳島県の代表幹事となった楠本さんを助けて成功させたい。

今まさに帆を上げ水平線に向かって出航してゆく徳島短歌号である。それぞれの能力特性が発揮出来るよう、みんなで協力して励まし合いながら、決して無理をしないよう進んでゆこう。ここで前に掲げた漢詩を改めて噛みしめよう。

「徳島短歌」平成二十六年三月号巻頭言

小西英夫先生

月のうた一つこゝろにうかびつゝいつかねむりぬ山ふところに　　小西英夫

上掲の一首は、月が美しい徳島の南部にある中津峰の参道中程にある歌碑に刻まれた歌。歌碑は徳島でものどかな地方のかたほとりにある。この歌もこの場所に程近い歌友の歌会で一泊した時に詠った一首であり〈月のうた〉として知られる英夫の代表歌である。（昭和二十一年作）

私は小西英夫先生が亡くなられてから徳島短歌に入社させてもらったのでお目にかかったことはないが、御嬢様には度々お目にかかっている。御嬢様や先輩からお話を伺うと、円い誠実なお人柄とのこと。小西先生のように、人を育てるのが上手で、歌を愛し、世話をすることを使命のように考えてくれる人は一寸ないようだと、金沢治様がいっている。

去る平成二十六年四月五日に「徳島短歌」創刊七七七号記念行事として、讃岐山脈の一際高い大山寺に小西先生を中心に二十二基の歌碑が建てられ、潮音社から丁寧な祝電をいただいた。

潮音百周年記念の節目に当たり、歌を詠む倖せを感じている。ひとえに小西先生のおかげだと思っている。

「潮音」平成二十七年七月号（創刊百周年記念号）
「歴代選者の一首鑑賞」より抜粋

果てしない道

絢子先生が急逝されてからちょうど今晩で五年になる。
あの夜報されて子供のように号泣したそのままといった方がよいだろう。
いつまでたっても巧く歌えない小鳥のような私が懸命にはばたいてとにかく果てしない空間への離陸と悲鳴の如き歌を歌として認め、大きな懐で受けとめて下さったことを私は忘れない。

眞野千枝子略歴

昭和六年小松島市立江町に生まれる。昭和二十六年徳島大学学芸学部修了。平成三年、定年退職その後鴨島町社会教育に従事。平成八年、鴨島短歌教室を立ち上げる（代表）。平成十四年、「潮音」入社。平成二十二年、吉野川市短歌グループを立ち上げる（副会長）。「徳島短歌」編集委員。潮音幹部同人。

「潮音」平成二十七年（創刊百周年記念号）「作家小伝」より抜粋

あとがき

退職後夢中になれるものを探していて短歌に出合うことができました。

潮音では、大切なものを多く学びました。絢子先生から多くを学んだのです。絢子先生にこの先お会いした時、渡さなければならないので、私は「歌集」をどうしてもつくりたいと思ってきました。鎌倉の杏々山荘を訪ねた事は忘れられない思い出です。

そして、私が短歌に出合えたのも徳島短歌があったからです。代表の延原健二氏が短歌の楽しさを教えてくれたからです。その後、楠本邦利氏、本田守氏の二人の代表に講師に来てもらいました。現在は、延原氏の娘さんである日向海砂さんが講師に来てくれています。鴨島短歌教室は今年で二十年になります。

潮音も徳島短歌も私の短歌人生に重要なものです。

徳島の大山寺には、延原氏の

売られゆく牛は気配にさとくして手綱もつ手を舐めて離さず　　健二

の歌碑があります。
その大山寺に私たちの歌碑が平成二十六年四月に建てられました。

眼を瞑れば夢ひとしずくのひと世かな四国三郎永遠に流るる　孝彦
雨乞いの踊りとどかず百選の棚田の早苗植えざるままに　千枝子

この歌集の上梓にあたり、太田絢子先生、木村雅子先生、木村光雄先生、徳島短歌編集委員の皆様、そして日向海砂さんにお世話になりました。そして、現代短歌社の今泉洋子様にお世話になり、素敵な歌集に仕上げて頂きました。ありがとうございました。
絵は、夫の孝彦です。いつも支えてくれている夫に心より感謝しています。

平成二十八年五月

眞野千枝子

歌集 峠路　　徳島短歌叢書五十七篇

平成28年9月28日　発行

著　者　眞野千枝子

〒776-0006 徳島県吉野川市鴨島町喜来甲3

発行人　道具武志

印　刷　㈱キャップス

発行所　**現代短歌社**

〒113-0033 東京都文京区本郷1-35-26
振替口座　00160-5-290969
電　　話　03(5804)7100

定価3000円(本体2778円+税)
ISBN978-4-86534-180-5 C0092 ¥2778E